mofusandの英会話

貓福珊迪
陪你說英語

ぢゅの（Juno）／著　郭孚／譯

前言

感謝你翻開《貓福珊迪陪你說英語》，這本書讓你一面享受可愛又帶點超現實風格萌貓們的療癒力，一面輕鬆學習英語會話。

書中透過簡單的英語句子，帶你走入貓福珊迪的日常生活。

學習語言或嘗試新事物時，最重要的是享受其中的樂趣。

本書收錄了許多有趣又實用的句子，這些句子在一般語言學習書或考試準備用書中並不常見，但卻讓人忍不住想跟著説説看，例如 I'm a happy camper.（我好幸福。）（p.61）和 What a coincidence!（真是太巧了！）（p.110）。這些句子沒有複雜的文法，你只要記住，就能直接使用。

相信你一定能從中找到符合當下心情的句子,或是你自己喜愛的表達方式。

每一頁都有可愛的貓咪,陪你一起學英語。

不妨隨意翻閱書頁,欣賞插畫和句子。這些插畫和與句子之間的連結,也能幫助你加深記憶。

和貓福珊迪一同學習,相信你會逐漸放下對英語的抗拒感。

如果這本書能讓你從此對英語產生興趣,踏出第一步,去探索新體驗、結識新朋友,我們會感到無比榮幸。

目錄

前言 - 2 -
如何使用這本書 - 6 -
如何下載收聽音檔 - 7 -
索引 Index - 154 -

CHAPTER 1

甜蜜互動

給愛貓人士的片語小集錦
- 34 -

貓咪毛色的英語該怎麼說呢?
- 36 -

CHAPTER 2

心情表白

速食餐廳
- 62 -

有貓的英語片語
- 64 -

CHAPTER
3
一起遊戲

CHAPTER
4
日常生活

CHAPTER
5
休息時光

會面
- 92 -

季節問候
- 120 -

SNS（社交媒體）的英語片語
- 152 -

甜點的英語名稱
- 94 -

帶有「貓」字的日本諺語和英語怎麼說？
- 122 -

如何使用這本書

以 1~7 個英文單字組成的簡短句子，呈現貓福珊迪的生活日常。若能搭配音檔閱讀，會更有趣，也更容易記住。

> **How fluffy!**
> 好蓬好軟啊！
>
> track 001
>
> 提到動物的毛髮，可以用 fluffy 來形容蓬鬆柔軟和毛茸茸的狀態；fluffy 這個字，也可以用來描述輕盈蓬鬆的鬆餅，或者柔軟好纏的棉被。
>
> **How fluffy!**
> 好蓬好軟啊！
>
> **Right?**
> 是不是？
>
> MEMO 如果要形容像羊毛一樣柔軟，蓬鬆且富有彈性的特性，可以用 woolly 這個字。

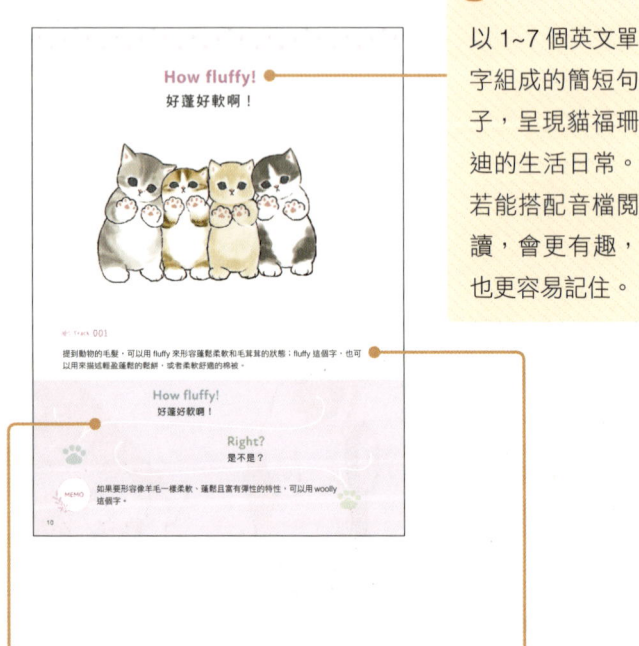

實際的對話範例，請試著只看英文，體驗英語母語者的自然用法。

句子下方的簡單解說，會幫助你加深對句子的理解，書中還收錄了許多有趣的英語小知識！

如何下載收聽音檔

可以用手機、電腦，

點擊或掃描以下 QRcode，

線上收聽，或者下載音檔。

你也可以在 YouTube 上收聽。

🔊 免費下載音檔（MP3 格式）

🔊 免費音檔線上收聽（YouTube）

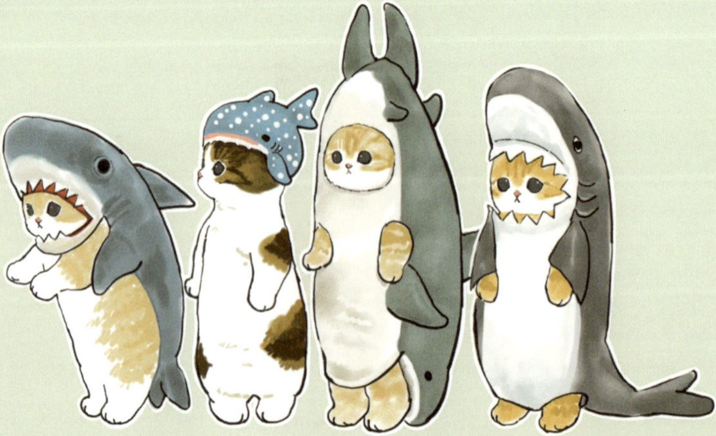

CHAPTER **1**

甜蜜互動

這些毛茸茸的小可愛
總是忍不住靠近對方,渴望互相接觸。
快來瞧瞧萌翻天的貓福珊迪們
聽聽他們是怎麼互動的!

How fluffy!
好蓬好軟啊！

Track 001

提到動物的毛髮，可以用 fluffy 來形容蓬鬆柔軟和毛茸茸的狀態；fluffy 這個字，也可以用來描述輕盈蓬鬆的鬆餅，或者柔軟舒適的棉被。

How fluffy!
好蓬好軟啊！

Right?
是不是？

MEMO　如果要形容像羊毛一樣柔軟、蓬鬆且富有彈性的特性，可以用 woolly 這個字。

I feel relaxed here.
我在這裡很舒服。

Track 002

當你感到舒服或放鬆的時候，可以用形容詞 relaxed 來表達，也可以使用動詞 relax，例如 I can relax here.（我在這裡感到很放鬆。）每個人都有能讓自己感覺放鬆的地方呢！

Move!
走開！

No! I feel relaxed here.
才不！我在這裡很舒服。

MEMO　　relaxed 也可以換成 comfortable。

I'm warm and snug.
好溫暖好舒服哦！

Track 003

snug 是指（溫暖而）「舒服的」的感覺。當你想要表達像是躺在棉被裡，或者窩在暖桌內的溫暖舒適時，可以試試這個說法。

I'm warm and snug.
好溫暖好舒服哦！

Why are you there?
你為什麼會在那裡？

MEMO　I'm 也可以用 I feel 替代。

Nuzzle nuzzle.
蹭蹭

Track 004

nuzzle 是指用鼻子輕輕磨蹭對方來表達愛意的動作，也可以用來形容臉頰互蹭，或貓咪用頭或身體往主人身上蹭的動作。

Nuzzle nuzzle.
蹭蹭

Hey! Stop it.
欸！別這樣啦！

MEMO　也可以用 My cat nuzzles me.（我家的貓在對我蹭蹭。）

Can I pet him/her?
我可以摸摸他 / 她嗎？

Track 005

pet 是動詞，意思是輕輕撫摸，特別是指順著動物的毛輕柔撫摸。如果是輕輕拍打時，可以用 pat 來表達。

Can I pet him?
我可以摸摸他嗎？

Sure!
當然可以！

MEMO　pet 的過去式和過去分詞是「petted」。

He/She is so cuddly.
他 / 她好可愛哦～

Track 006

cuddly 是指可愛到讓人很想擁抱，通常是用來形容動物或絨毛玩具，表示它們非常可愛，令人產生想要擁抱的衝動。當然，用 cute 或 sweet 也可以表達類似的意思。

She is so cuddly.
她好可愛哦～

Do you wanna give her a cuddle?
你想抱抱她嗎？

MEMO　cuddly 是形容詞，表示很可愛的，而 cuddle 是動詞，表示抱住或擁抱的動作。

Don't scratch me!
別抓我!

Track 007

scratch 是指用爪子之類的尖銳物品去抓或劃。當作名詞使用時,scratch 也可以指抓傷或擦傷,例如:How did you get the scratch?(你的抓傷是怎麼來的?)

Ouch! Don't scratch me!
哎喲!別抓我啦!

Oh, sorry.
啊,對不起。

MEMO 「我被我的貓抓了」可以說:My cat scratched me.

Pick me up!
抱我起來！

Track 008

這是孩子對父母或長輩要求被抱起來時常用的，帶有「抱起來」的語氣。也可以用 carry 來表達「帶著我走」，像是 Carry me!

Pick me up!
抱我起來！

Fine.
好吧。

MEMO　pick someone up 常用來表示「去接某人」。

Hug me!
抱我一下！

抱抱～

Track 009

這是表達想要擁抱的最直接說法。如果是對不太熟的人，通常會說：Give me a hug. 或 Can you give me a hug?

Hug me!
抱我一下！

Of course!
好哦！

MEMO 「可以抱你嗎？」的英語可以說：Can I give you a hug?

Carry me on your shoulders.
載我一程吧！

Track 010

這句話的直譯是「把我放在你的肩膀上」，意思就是「讓我坐在你的肩膀上、一起去某個地方」。

Carry me on your shoulders.
載我一程吧。

You're getting heavy.
你變重了唷！

MEMO　如果貓咪趴在背上，像是「背」的動作，則可以說 Give me a piggyback ride.

They're always playing with each other.
他們總是互相嬉戲。

Track 011

play with each other 強調彼此「互相嬉戲」，如果是 play together 則是指「一起玩」，記得不要混淆呵！

They're always playing with each other.
他們總是互相嬉戲。

Right! They're very close.
沒錯！他們很親密。

MEMO　「親密」可以用 close 或 like each other 來表達。

I'll always be by your side.
我會一直陪在你身邊。

Track 012

by 表示「在……的旁邊」,這裡指的是「在你身邊」。類似的表達還有 on your side,例如 I'm on your side,意思是「我站在你這邊」或「我是你的支持者」。

I'll always be by your side.
我會一直陪在你身邊。

Thanks, you are so kind.
謝謝,你人真是太好了。

MEMO　在未來式的句子中加上 always,會帶出「一直」或「永遠」的意思。

Good boy/girl.
好孩子。

Track 013

當我們一邊說「好乖！好乖！」一邊輕輕撫摸對方的頭來表達安慰時，英文裡常用 There there 這個用法。不過，這句話也可以用來表達鼓勵、讚賞，或者用來稱讚寵物。

Mom, I did my best.
媽媽，我盡力了！

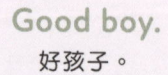

Good boy.
好孩子。

MEMO 想要安慰或撫慰對方「你真可憐」時，可以用 Poor you 或 Poor thing 來表達。

We're sticking together.
我們緊緊黏在一起。

Track 014

stick 有「黏附、貼合」的意思，stick together 則表示「互相黏附、緊緊貼在一起」，也可以用來形容人「不分開，待在一起」或是「互相合作」。

We're sticking together.
我們緊緊黏在一起。

That's so cute!
太可愛了啦！

MEMO　stick 也有「貼上」的意思，例如：I stuck a poster on the wall.（我把一張海報貼在牆上。）

Can you move a little bit?
你可以稍微移開一點嗎?

Track 015

由於是希望對方移動,因此使用 move 這個字,若希望對方往前或往後移動,可以在 move 之後加上 forward(前)或 back(後)。

Can you move a little bit?
你可以稍微移開一點嗎?

OK.
沒問題。

MEMO　若想更有禮貌地請求,可以將 Can you 改為 Could you。

Bundle up and stay warm.
多穿衣服保暖哦！

Track 016

bundle up 意指「多穿點衣服」或「裹上毛毯」。stay warm 則用在希望對方留意保暖，或是作為寒冷季節的道別語等情況。

Bundle up and stay warm.
多穿衣服保暖哦！

Thanks. You shouldn't have.
謝謝，你太貼心了！

MEMO　也可以使用 keep 代替 stay。

You two are a perfect match.
你們兩個真是天生一對。

Track 017

a perfect match 表示「很相配」。對情侶也可以說 You two are a perfect couple. 如果覺得還不到 perfect 的程度，可以改用 good。

You two are a perfect match.
你們兩個真是天生一對。

We know.
當然！

MEMO　如果想稱讚衣服或配件很適合某人，可以用 It suits you.

Hold on tight.
抓緊一點。

Track 018

hold on 是「抓住」的意思，加上 tight 就有「緊緊抓住」的意思。若要說抓住了什麼東西，可以在 on 後加上 to ~，例如：Hold on to the rope.（抓住繩子。）

I'm scared.
我好害怕。

Hold on tight.
抓緊一點。

MEMO　電話中常用的 Hold on, please. 是請對方「稍等一下」。

Put me down now!
快點放我下來！

Track 019

Put me down. 是用來請求抱著自己的人放下自己。如果是請求對方協助自己從高處下來，則可以說 Get me down from here!

Put me down now!
快點放我下來！

Here you go.
好啦，放你下來。

MEMO　　put down 的原意為「放下」，反義詞則是 pick up（拿起）。

I'll share my umbrella with you.
我把傘分給你撐。

Track 020

把傘分享給他人使用，可以說 share one's umbrella。但如果是「共撐一把傘」則可以用「under one umbrella」來表達。

I'll share my umbrella with you.
我把傘分給你撐。

Oh, thank you for doing this.
謝謝你這麼做。

MEMO　撐傘可以用 open/use an umbrella 來表達。

That tickles.
好癢啊!

Track 021

tickle 是指「搔癢」或「癢的感覺」,想讓對方住手時,可以說 Stop tickling!(住手,別再搔癢了!)

Tickle, tickle, tickle..
搔癢、搔癢、搔癢癢……

That tickles.
好癢啊!

MEMO I'm ticklish. 是指「我怕癢」。

My cat is friendly with my dog.
我的貓跟我的狗很親近。

Track 022

「與某人很親近」可以用 friendly 來表達。比如說，My cat's friendly 可以表示「我的貓很友善」。

My cat is friendly with my dog.
我的貓跟我的狗很親近。

My cat doesn't like dogs.
我的貓不喜歡狗。

MEMO　若使用 become 代替 is 則表示「變得親近」，例如說：My cat has become friendly with my dog.

Can I stay here a bit longer?
我可以在這裡再多待一會兒嗎?

Track 023

「待著」可以用 stay 來表達。當有人這麼可愛地撒嬌時,會讓人不忍心對他說 Get down!(下來!)或 Go away!(走開!)之類的話。

Can I stay here a bit longer?
我可以在這裡再多待一會兒嗎?

You can stay forever.
你可以永遠待在這裡。

MEMO 也可以將 Can I 改為 Let me,例如說:Let me stay here a bit longer.

I hope we can be friends.
希望我們能當朋友。

Track 024

這句話通常用在期待與某人成為朋友的時候。be friends 指的是「成為朋友」的意思。如果要拒絕別人告白時,也可以用 Just be friends(我們當朋友就好了)來表達。

I hope we can be friends.
希望我們能當朋友。

Likewise.
我也是。

MEMO　如果想說「我們會永遠是朋友」可以說:We will be friends forever.

主題

給愛貓人士的片語小集錦 [Phrases for Cat Lovers] 🔊 Track 025

Do you have any pets?
你養寵物嗎？

I have cats.
我養貓。

寵物的英文是 pet，但因為有可能是多隻寵物，所以問句中使用的是複數「any pets」，但如果只有一隻，也可以用單數形式。

Are you a dog person or a cat person?
你是狗派還是貓派？

I'm a cat person.
我是貓派。

「〇〇派」在英文中可以用「〇〇 person」來表示。
例如：a morning person（早起的人）或 a coffee person（愛喝咖啡的人）。

I have to take my cat to the vets.
我得帶我的貓去看獸醫。

take 人 / 動物 to ~ 意思是「帶某人 / 動物去某地」。動物醫院的英文可以是 animal hospital，但「獸醫」的簡稱 vet 更常見，這是 veterinarian 的縮寫。

My cat is kneading.
我的貓正在踩踩。

knead 是「揉捏」的意思,用來形容貓咪用前腳踩踏和輕揉的動作。在按摩肩膀或搓揉麵團時也會使用 knead。

My cat is wagging its tail/ sticking its tail up.
我的貓正在搖尾巴 / 翹起尾巴。

wag 是指搖尾巴,而 stick up 則表示尾巴翹起來。通常會用 his/her 取代 its。

My cat shows her belly.
我的貓正在曬肚肚。

形容肚子朝天的狀態,也可以說 show one's stomach。

theme

貓咪毛色的英語該怎麼說呢？

用英語談論貓咪的時候，毛色條紋（pattern）可能是其中一個話題。有時，雖然知道毛的顏色，卻不知道英文名稱，因此，我整理了以下表格。

毛色	英語	說明
單色（全色貓）	solid	全白或全黑等單一顏色的貓。
雙色（賓士貓、牛奶貓）	bicolor	身上有兩種顏色。
三色（三毛貓、三花貓）	calico	比起tricolor（三色），calico更為普遍。
黑棕斑點（玳瑁貓）	tortoiseshell	黑色和棕色相間的斑點毛貓。
條紋貓（虎斑貓）	tabby	條紋貓。
局部重點色（暹羅貓）	pointed	只在臉、耳朵、腳和尾巴上有重點毛色的貓。
豹紋貓	spotted	又稱rosette（玫瑰斑紋）。

虎斑貓當中，又分成「橘虎斑」（red tabby 或 orange tabby）、「棕色虎斑」（brown tabby）與「銀虎斑」（silver tabby）。
此外，雙色貓（bicolor）的毛色因為從鼻子兩側呈「八」字形分開，有「八白貓」、「賓士貓」、「牛奶貓」或「燕尾服貓」（tuxedo）的稱呼。

CHAPTER **2**

心情表白

當你感到開心、緊張、困惑的時候⋯⋯
該怎麼說呢？
這一章收集了一些
能在日常生活中表達心情的句子。

Hooray!
萬歲!

Track 026

想表達喜悅的心情時,可以使用這個詞。「萬歲!」「耶!」「太好了!」等情況,都可以用這個表達方式。

Hooray!
萬歲!

Congrats!
恭喜你!

MEMO　如果把 Hooray 中的 a 拉長成 Hooraaaaay!,會讓喜悅的感覺更加強烈。

I'm in love with you.
我喜歡上你了。

Track 027

想傳達「我喜歡你」的心情時，可以這樣說。這種表達方式只適用於戀人或有戀愛感覺的對象。

I'm in love with you.
我喜歡上你了。

I'm in love with you too.
我也是。

MEMO　而 I love you. 這句話就不限於戀人之間，也可以對家人或朋友說。

I'm at a loss.
我不知道該怎麼辦。

Track 028

處於困惑或無計可施、束手無策的情況時,可以這麼說。另一個相似的表達方式是 throw up one's hands,通常是用於挑戰某事但最終放棄的情況。

I'm at a loss.
我不知道該怎麼辦。

It can't be helped.
我也幫不上忙。

MEMO

It can't be helped. 表達的是「沒辦法」或「無可奈何」的情緒,用來表達放棄或接受現實的感覺。

That's great!
太棒了！

Track 029

這句話用來祝福或慶祝某人有好事發生，表示高興。你也可以用 awesome、cool、neat 或 wonderful 來替換 great。

I passed the exam.
我考試及格了！

That's great!
太棒了！

MEMO　另一種說法是 I'm happy for you.（我好替你高興。）

I'm disappointed.
我覺得好失望。

糟糕，搞砸了！

Track 030

disappointed 可用來表達對於某件事感到失望的狀態。如果是對事情的結果感到失望，可以說：The result is disappointing.（結果讓我失望。）

I'm disappointed.
我覺得好失望。

Don't worry about it!
別放在心上。

MEMO　如果想對某人說「你讓我有點失望」，可以說：You disappointed me.（你讓我失望了。）

This is terrible.
這好糟糕！

Track 031

Terrible 是表示非常糟糕、非常壞的意思，可以在多種情況下使用，比如：I feel terrible.（我覺得很糟糕）、The food is terrible.（食物很難吃）等。

Oh, this is terrible.
喔，這好糟糕。

That sucks.
好慘哦！

MEMO 如果要表達不只失望還遭受打擊的心情，可以用 bummer，這是一種宛如晴天霹靂的說法。

What's your problem?
你有什麼意見嗎？

Track 032

這句話直譯是「有什麼問題嗎？」但這種說法聽起來有點挑釁，通常只在對方挑起爭端或你想挑起爭吵時才會使用。如果不是這種情況，最好避免使用。

What's your problem?
你有什麼意見嗎？

I don't have a problem.
完全沒有。

MEMO 如果只是單純想問「有什麼問題嗎？」可以改用：What's the problem?

My heart is pounding.
我的心臟怦怦狂跳！

Track 033

這句話直譯是「心臟在劇烈跳動」，通常用來表達因為緊張或興奮而心跳加速的感覺。除了 pounding 之外，也可以用 racing 來形容「心跳得像比賽一樣快速」。

My heart is pounding.
我的心臟怦怦狂跳！

You can do it!
你一定可以做到的！

MEMO　當然也可以直接說：I'm nervous.（我很緊張。）

I'm fired up.
我充滿幹勁。

Track 034

fire up 除了有「點火」的意思，也能用來形容情緒高昂、激情或動力被點燃，進入全力以赴的狀態。

I'm fired up.
我充滿幹勁。

You look like you're psyched up.
你看起來都準備好了。

MEMO 要注意，I was fired. 則指「我被解雇了」。

I'm pissed off.
我怒了！

Track 035

piss 這字本來是「小便」的意思，但 piss off 是一個俚語，表示「讓人生氣」或「讓人惱火」。請留意，這是口語化的表達方式，正式場合應避免使用。

I'm pissed off.
我怒了！

What's wrong?
怎麼啦？

MEMO　如果想說「你惹我生氣了」，可以說：You piss me off.

47

Dang it!
可惡！

Track 036

當你感到沮喪、惱火或犯錯時可以這麼用，是 Damn it! 較為禮貌的版本。儘管它比 Damn it 禮貌，但仍然是一個俚語，在正式場合中不建議使用。

Dang it!
可惡！

Are you OK?
你還好嗎？

MEMO　另外也可以說 Darn it! 但這個用法稍微有點過時。

I'm hyped!
好嗨哦！

Track 037

hype 原本是指「誇大宣傳」，而 hyped 則是「興奮」「期待」，意思是感覺非常激動或充滿能量。你也可以在 hyped 後加上 up，變成 I'm hyped up!，表示更強烈的興奮感。

I'm hyped!
好嗨哦！

It's so much fun.
太好玩了！

MEMO　I'm excited. 也是另一個不錯的說法，表示你很期待或很興奮。

I'm annoyed.
我覺得好煩！

Track 038

當你想表達輕微不快或煩躁時，可以使用 annoyed 這個詞。另一個相似的表達是 I'm irritated.，意思同樣是「我很煩」或「我很不爽」。

I'm annoyed.
我覺得好煩！

What makes you annoyed?
怎麼啦？

MEMO　What makes you ~? 是一個常見的表達方式，意思是「為什麼會～？」或「是什麼讓你～？」適合在詢問原因時使用。

I'm freaking out.
我嚇到吃手手！

Track 039

freak out 是一個俚語，意思是「陷入驚慌」或「發瘋」，也可以用來表示「驚恐」或「感到恐慌」。

I'm freaking out.
我嚇到吃手手！

Chill out.
冷靜點。

MEMO　你也可以用 panic 來表達，比如說：I'm panicking.

I'm feeling down.
我好難過。

Track 040

feel down 是表示「心情低落」的用語，通常使用於比較輕微的情況。如果情況比較嚴重，可以使用 be depressed。

I'm feeling down.
　　我好難過。

Cheer up!
　　振作起來。

MEMO　如果想要表達「因為～而心情感到低落」，可以用 feel down about ~，例如説：feel down about work（因為工作而感到低落）。

Don't be shy.
別害羞。

Track 041

shy 的意思是「害羞的」「內向的」。Don't be shy. 也有「別客氣」的意思,用於鼓勵對方採取行動的時候。

I want to talk to them, but...
我想跟他們說話,但是……

Don't be shy.
別害羞。

MEMO　shy 的相反詞是 outgoing(外向、善於社交的)。

I feel lonely.
我好寂寞。

Track 042

感到寂寞可以用 lonely 來表達。如果是「因為某人不在而感到寂寞」，可以用 miss 這個詞，例如說：I miss you.（我想你。）

I feel lonely.
我好寂寞。

Come here.
過來吧。

MEMO　説 I'm lonely. 也可以表達同樣的意思。

I'm worried about you.
我很擔心你。

Track 043

這是看到對方的情況後當下感到擔心的句子。若說成 I worry about you.，則帶有「我一直在擔心你」的意思。

I'm worried about you.
我很擔心你。

I'm OK.
我沒事。

MEMO 如果是感到非常擔心時，可以在 I'm 和 worried 之間加上 so 或 really。

I can't bear to watch it.
我看不下去了。

Track 044

句子裡的「bear」不是指「熊」，而是動詞「忍受」的意思。can't bear to ~ 表示「無法忍受～」。

This movie is scary.
這部電影好可怕。

I can't bear to watch it.
我看不下去了。

MEMO 觀看電影、電視節目或運動賽事時，是用 watch 這個動詞。

I'm sorry.
我很遺憾。

Track 045

I'm sorry 不僅用於道歉，還可用來表達同情或遺憾，例如「真可憐」、「我很遺憾」、「致上哀悼」等意思。

No one cares about me.
沒人關心我。

I'm sorry.
我很遺憾。

MEMO　當聽到令人遺憾的事情時，也可以說：I'm sorry to hear that.

Just let it go!
放下吧！

明天再開始努力吧！

Track 046

Just let it go! 意味著停止執著於某事、忘記過去，因此可以用來表達「放下吧！」、「切換心情吧！」等意思。

It's not my day.
今天運氣不好。

Just let it go!
放下吧！

MEMO　「切換心情吧！」也可以更直接地說成 Move on!。在會議或簡報時說 Let's move on. 則表示「讓我們進入下一個主題」。

I'm speechless.
我好無言。

Track 047

speechless 是由 speech（話語）+ less（沒有）組成，表示「說不出話來」的意思。無論是在感動或驚訝的時刻，都可以使用這個詞來表達情緒。

This is awesome!
這真是太棒了！

I'm speechless.
我好無言。

MEMO　speechless 也有「目瞪口呆」或「無話可說」的意思。

I'm rooting for you.
我為你加油。

Track 048

root for 有表示「支持、應援」的意思。例如：Who/Which team do you root for? (你支持誰 / 哪個隊伍？)

I'm rooting for you.
我為你加油。

Thanks a lot.
非常感謝！

MEMO Thanks a lot. 是一種友好的感謝方式。

I'm a happy camper.
我好幸福。

Track 049

happy camper 並不是指「快樂露營的人」,而是一句俚語,表示「幸福的人」、「滿意的人」、「心情愉快的人」等意思。

I'm a happy camper.
我好幸福。

I'm so jealous.
我好羨慕。

MEMO　當然,也可以直接說:I'm happy.

主題

速食餐廳 [Fast food restaurant] 🔊 Track 050

Can I get a hot dog with extra mustard?
我要一支熱狗,芥末多加一點。

「多一點」用 extra 表示,「少一點」用 less 或 easy on。如果想要去掉某個食材,則把 with 換成 without。

I'll have medium French fries.
我要一包中份薯條。

「小份」、「中份」、「大份」分別是 small、medium 和 large。薯條在美國叫 French fries,在英國則叫 chips。

Would you like a combo or just a hamburger?
您要套餐還是單點漢堡?

Just a hamburger, please.
單點漢堡,謝謝。

套餐用 combo 或 meal 表示。若只要單點則用 just ~ 來表達。

Can I have a straw?
我可以要一根吸管嗎？

在店裡，如果想要某樣東西時，可以用「Can I have ~?」來詢問。

For here or to go?
內用還是外帶？
To go, please.
外帶，謝謝。

在英國常會聽到「Eat in or take away?」，而「take out」則是「取出」的意思。

This is not what I ordered.
我點的不是這個。

This is not what I ~ 是用來表達「這不是我所做的事情」。除了 order（訂購），也常使用 expect（預期）、mean（意圖）的過去式，來表達類似的意思。

有貓的英語片語

英語中,有些日常對話可能會用到包含 cat 這個字的片語,以下舉幾個例子。

Cat got your tongue?
怎麼不說話了?

這句話是用來詢問那些因為害羞而不說話,或者平時話多但今天突然安靜的人。直譯是「貓拿走你的舌頭了嗎?」

Let the cat out of the bag.
不小心洩漏祕密。

直譯是「把貓從袋子裡放出來」。為什麼這句話會指「洩漏祕密」呢?有一個說法是:曾經有商人騙顧客說,袋子裡是豬。結果袋子打開來,裡面是貓。謊言被揭穿後,這個片語也就流傳開來。

Like cats and dogs.
像貓和狗一樣(水火不容的關係)。

形容關係不好或經常爭吵,英文用了「貓」和「狗」,而日文是「貓」和「猿」,中文則用「雞犬不寧」來表達。這句話可以這樣使用:
They are like cats and dogs.(他們兩人互看不順眼。)
We sometimes fight like cats and dogs.
(我們有時會吵得不可開交。)

CHAPTER **3**

一起遊戲

跳舞、跑來跑去,充滿活力的小貓們……
本章將介紹一些適合這些情境的快樂片語,
試著用用看吧!

Let's play together!
一起玩吧!

Track 051

當你想遊戲、運動、玩玩具時,可以使用 play 這動詞;而如果是指青少年或成人的「出去玩」或聚會等活動,則用 hang out。

Let's play together!
一起玩吧!

Well, okay.
好吧,真拿你沒辦法。

MEMO 如果是像例句中勉強同意的情境時,語氣可以慵懶一點。

I can't reach it.
我碰不到！

Track 052

伸手去「搆到」、「碰到」的時候，使用 reach。如果是指達到目的或目標，也可以使用 reach，例如：I reached my goal.（我達成了目標。）

Catch the fish.
抓住那條魚。

I can't reach it.
我碰不到！

MEMO　如果是說行李或信件「到達」目的地的話，則使用 arrive。

Dance to the music.
跟著音樂跳舞吧！

Track 053

要說「跟著音樂跳舞吧！」可以用 dance to the music 表達。除了 dance（跳舞），還可以搭配 sing along（唱歌）、move（活動身體）、exercise（運動）等多種動詞使用。

Dance to the music.
跟著音樂跳舞吧！

I'm trying to.
我試試看。

MEMO 和 listen to music（聽音樂）不同的是，這些句子的 to 和 music 之間還會加 the。

That music sounds fun.
那音樂聽起來很有趣呢！

Track 054

fun 這個形容詞，可以根據情況替換為其他形容詞，如：scary（恐怖的）、或 creepy（令人毛骨悚然的）等等。Do you wanna hear something scary? 意思是「想聽些恐怖的故事嗎？」

That music sounds fun.
那音樂聽起來很有趣呢！

Let's go over there.
我們就過去那邊吧！

MEMO

「聽見」是指 hear，但如果是有意識地「聽」某些東西時，則用 listen。

I like your smile.
你的笑容真好看。

Track 055

這是用來稱讚笑容的表達方式。I like ~ 是一個相當常見的讚美手法,非常實用。

I like your smile.
你的笑容真好看。

I like yours, too.
我也喜歡你的笑容。

MEMO　如果想要更加誇張的讚美,可以將 like 換成 love。

Which construction vehicle do you like?
你喜歡哪種工程車？

Track 056

「工程車」稱作為 construction vehicle。「壓路機」是 road roller,「推土機」是 bulldozer,挖土機是 excavator/digger,「起重機」是 boom truck 或 crane truck。

Which construction vehicle do you like?
你喜歡哪種工程車?

Bulldozer!
推土機!

MEMO　孩子們常用 digger 來稱呼「挖土機」。

I'm gonna catch up with you.
你等著,我馬上超過你!

Track 057

這個句子裡想傳達的不是 wait(等待),而是「追趕」的意思。catch up 表示「我要追上你」。

I'm gonna catch up with you.
你等著,我馬上超過你!

No you won't!
我才不會讓你追上呢!

MEMO　英式英語中則用 I'll catch you up. 表示「我稍後會追上你」。

I'm feeling dizzy.
我頭暈了！

Track 058

dizzy 是「頭暈」的意思。如果要加上原因，可以在 dizzy 後面加上 on，例如：I got dizzy on the teacups.（我在遊樂園的旋轉咖啡杯裡轉暈了。）

Turn round and round!
轉，再轉！

I'm feeling dizzy.
我頭暈了！

MEMO　如果是因為工作繁忙而感到頭昏眼花，則可以說 make one's head spin。

Don't get closer.
別太靠近！

Track 059

get close 是「接近」的意思，不僅指身體距離，也可以指心靈上的距離。比如 We got close. 就是「我們變得親近了」的意思。

Don't get closer.
別太靠近！

Why?
為什麼？

MEMO　這裡 close 的發音是 [kloʊs]，不是 [kləʊz] 或 [kloʊz]。

Why don't we have a jam session?
我們何不來個即興演奏？

Track 060

「即興演奏」在英語中是 jam session 或 jam。也可以說：Why don't we play music together?（我們一起演奏音樂如何？）

Why don't we have a jam session?
我們何不來個即興演奏？

Sounds good!
好啊！

MEMO　Why don't we ~? 是用來提議一起做某件事情的常見句型。

Don't swing that.
別亂揮！

Track 061

swing 是指「揮舞、亂甩」的意思，但 wrap around one's finger 這個片語是指在人際關係中「被牽著鼻子走」，例如說：She has me wrapped around her finger.（我被她牽著走。）

Swing!
揮舞！

Don't swing that.
別亂揮！

MEMO　在英式英語中，炸蝦叫做 fried prawn。Prawn 是指較大的蝦。蝦的大小依次是：小蝦（shrimp）→大蝦（prawn）→龍蝦（lobster）。

I hope I win the lottery.
我希望我能中獎。

Track 062

在抽獎活動中,「得獎」用的是 win 這個動詞。lottery 通常指「樂透」,但也可以用來指日本搖珠機或抽獎。另外也可以用 raffle 或 drawing 來表示抽獎。

I hope I win the lottery.
我希望我能中獎。

Yes, I hope you win.
祝你中獎。

MEMO　摃龜、沒中獎,可以說 don't win 或 lose。

Let's race.
我們來比賽吧!

Track 063

「賽跑」是用 race 這個詞。如果有人挑戰你,你可以用 Bring it on!(放馬過來!)或 I'll beat you!(我會贏過你!)來表現出接受挑戰的態度。

Let's race.
我們來比賽吧!

Bring it on!
放馬過來!

MEMO　賽跑競走中贏或輸了,可以說 win/lose a(the) race。

Go, go, go!
快前進！

咻嗚

Track 064

就算不知道「前進」的英文是什麼，但只要直接說 go，就能讓對方往前。如果用力喊 go 三次，他們可能會前進得更快。

Go, go, go!
快前進！

I got it!
遵命！

MEMO 「回去」是 Go back!

My cat is playing alone.
我的貓自個兒在玩。

Track 065

play alone 這個說法是指「自己玩」。如果要說「我喜歡獨處」則是：I like being alone，而「享受獨自一人的時光」則是 I enjoy being alone。

My cat is playing alone.
我的貓自個兒在玩。

He/She looks like he's/she's having fun.
看起來他 / 她玩得很開心。

MEMO　除了 alone 之外，也可以用 by oneself。

Who can swing higher?
誰會盪得更高呢？

Track 066

名詞的「鞦韆」和動詞的「盪鞦韆」都用 swing 這個字。想邀請對方一起玩時，可以說：Let's go/play on the swing!

Who can swing higher?
誰會盪得更高呢？

Definitely me.
當然是我啦！

MEMO 「盪」除了可以用 swing，也常用 pump 來表達。

Are you ready to head out?
準備好要出發了嗎?

Track 067

head out 意思是「出發」。動詞 head 有「前往」的意思，在口語中常用來代替 go。

Are you ready to head out?
準備好要出發了嗎?

Give me a few more minutes.
再等我幾分鐘。

MEMO　問對方「準備好要出門了嗎?」時，可以說：Are you ready to go out?

I work out everyday.
我每天都進行肌力訓練。

Track 068

「運動」在英文中有 work out 和 exercise 兩種說法。work out 指的是在健身房等地方進行肌力訓練，而其他類型的運動則用 exercise。

I work out everyday.
我每天都進行肌力訓練。

Oh, that's why you are muscular.
喔！難怪你這麼壯。

MEMO　work 和 out 合成一個單字 workout，就變成名詞形式的「肌力訓練」。

Your punches don't hurt at all.
你這拳一點也不痛！

Track 069

「出拳」在英文中是 punch。使用 not at all 可以傳達出「完全不」、「一點也不」的語氣。

Punch!
啪──吃我一拳！

Your punches don't hurt at all.
你這拳一點也不痛！

MEMO 描述揮拳的聲音時，有時會用 Pow! 來表現。

On the count of 10, switch with me.
數到 10 就換我喲！

Track 070

這是想要對方讓出鞦韆時可以用的句子。switch with ~ 的意思是「和～交替」或「和～換位置」。

On the count of 10, switch with me.
數到 10 就換我喲！

One, two three...
1、2、3……

MEMO　如果想表明現在是自己的回合，可以說：It's my turn!（輪到我了！）

Choo-choo.
嘟嘟～

嘟嘟~火車出發！

Track 071

中文模仿火車行駛聲常用「嘟嘟」，英文是用 choo-choo，而電車的「咔噠咔噠」聲，英文則用 clickety-clack 來表示。

Choo-choo.
嘟嘟～

We're getting to the station.
快到車站了。

MEMO　choo-choo train 的意思是「小火車」。

Run!
快跑!

危險時因為需要跑,所以如果大喊 Run!,在場的人就會察覺到情況並逃跑。「逃跑」的常見表達方式是 run away,這個詞也可以用於從車輛或飛機逃脫的情況。

Run!
快跑!

OK!
好!

MEMO: get away 也是「逃跑」的意思,但指從困難的人、地或情況中逃脫的意味。

Stop fighting!
別再打了！

Track 073

fight 是「打架」的常見說法，無論是口角爭執還是動手打架都可以使用。與某人打架可以說 have a fight with ～，而「變成打架」或「發展成打架」則可以說 get into a fight。

Stop fighting!
別再打了！

We're not fighting, just playing.
我們沒有打架，只是在玩。

MEMO 提到「口角爭執」時，argument 也是常用的表達方式。

Can you pull the sled, please?
請幫忙拉雪橇，好嗎？

Track 074

sled 是指小型的雪橇。它也可以當作動詞使用。「玩雪橇」則是用 go sledding，例如：I went sledding with my friend.（我和朋友一起玩雪橇。）

Can you pull the sled, please?
請幫忙拉雪橇，好嗎？

All right.
好的，交給我。

MEMO　聖誕老人乘坐的大雪橇叫做 sleigh。

Time to go home now.
該回家了。

Track 075

「回家」英語有 go/come/get home 幾種說法，但例句的情況是從目前所在地回家，所以使用 go home。

Time to go home now.
該回家了。

No!
不要！

MEMO　也可以說 Let's go home. 或 Let's head home.

Let's play again!
下回再一起玩吧！

Track 076

這是一句在告別時常用的話。如果在 again 的後面加上 soon，就能帶出「不久之後」的語氣。

See you. Let's play again!
再見。下回再一起玩吧！

See ya!
再見。

MEMO　像第 66 頁所提到的，成年人間的「聚會」可以用 hang out 來表示。

主題

會面 [Meet up] Track 077

I'm on my way.
我在路上了。

on my way 的意思是「在路上」或「正在途中」，常用來表示「我已經在半路上了」或「我馬上就來」。

I'm stranded.
我被困住了。

strand 的意思是「讓（某人）無法動彈」，因此 I'm stranded 表示「我被困住了」或「我無法前進」。也常用 I'm stuck（我被卡住了）來表達類似意思。

I'm going to be about 10 minutes late.
我會晚到 10 分鐘。

用 I'm going to be late 表示會遲到，而 about 10 minutes late 這句則具體表示遲到的時間為「大約 10 分鐘」。

I'm here!
我到了!

這是常用的問候語,表示「我已經到了!」或「我在這裡了!」,通常是先到達的一方使用。

Sorry, have you been waiting long?
抱歉,你等很久了嗎?
No, I just got here.
不,我才剛到。

這是當對方等了很久時可以使用的句子。記得一開始要先道歉。

I'm tired of waiting.
我不想再等了。

這句話有「我等太久,受夠了」的意思。be tired of ~ 表示對某事物感到厭煩或疲倦,例句中所指的是等待。

theme

甜點的英語名稱

常見的西洋甜點名稱很多是從英語音譯來的,以下不妨比較一下。

甜點中文名稱	英語	說明
冰棒	ice pop	在美國稱 popsicle。
漂浮冰淇淋 / 蘇打冰淇淋	soda float	把冰淇淋放入飲料中,這樣的飲品稱為 float。
可麗餅 / 法式煎餅	crepe	在英國稱為 pancake。
泡芙	cream puff	puff 是指蓬鬆的食物。
吉拿棒	churro	若是兩根以上,稱為 churros。
聖代	parfait	發音重音放在 fait。
布丁	flan	也可以稱為 creme caramel。
鬆餅	pancake	指用平底鍋煎成的蛋糕。

CHAPTER 4

日常生活

這一章收集了許多外出、做家務、
或者想隨意提問時
能夠使用的句子。

Do you want some company?
需要我陪你嗎？

Track 078

這是問對方是否需要陪伴時的表達方式，因為 company 不僅指「公司」，同時也有「同伴」的意思。

Do you want some company?
需要我陪你嗎？

Thanks, but I'll be OK on my own.
謝謝，但我自己一個沒問題。

MEMO　I enjoyed your company.（和你在一起很愉快）是告別時常用語。

I got something for you.
我有東西要給你。

Track 079

送禮時常說：This is for you.，但也有其他表達方式（如本例句）。重點是，說這句話時，要確保禮物不被對方提前看到。

I got something for you.
我有東西要給你。

Really? What is it?
真的嗎？是什麼？

MEMO　除了 got，還可以使用 have 或 have got 來表達。

I'm just going through the ticket gate.
我正在通過驗票閘門。

Track 080

「驗票閘門」的英語是 ticket gate。「通過驗票閘門」可以用 go through 或 pass，進入／或離開則使用 enter/exit 或 go out。

I'm just going through the ticket gate.
我正在通過驗票閘門。

I'm waiting outside the ticket gate.
我在驗票閘門外等。

MEMO　閘門的方位若是南出口就是 south exit，中央出口是 central exit。

The train is jam-packed.
電車擠得滿滿的。

Track 081

jam-packed 是指像果醬一樣被填得滿滿的狀態,用來形容「擠滿了」或「很擁擠」等情況。

The train is jam-packed.
電車擠得滿滿的。

I can't stand it.
我受不了了。

MEMO 「交通阻塞」則稱為 traffic jam。

What are you making?
你在做什麼菜？

Track 082

「做菜」的動詞有 make 和 cook。嚴格來分，cook 用於把食物加熱（煮湯）的情況，而 make 用於不加熱的情況（打果汁），但在日常會話中，常常不在乎這些區別，直接通用 make。

What are you making?
你在做什麼菜？

I won't tell you.
不告訴你。

MEMO　如果是詢問正在用烤箱烤東西的人，也可以使用 bake（烤）這個詞。

I'm rolling out the dough.
我在擀麵團。

Track 083

dough 是指做甜點、麵包、披薩等的麵團。roll out 是指用擀麵棍等工具將麵團壓平的意思。在商業用語中，這個詞也可以用來表示將新產品「推向市場」。

What are you doing?
你在做什麼？

I'm rolling out the dough.
我在擀麵團。

MEMO 「揉麵團」則是 knead the dough。

I'm licking the ice cream.
我在舔冰淇淋。

Track 084

lick 是指用舌頭「舔」。不僅用於食物，也可以用來描述舔郵票或舔嘴唇等動作。

I'm licking the ice cream.
我在舔冰淇淋。

Looks yummy.
看起來很好吃。

MEMO　「舔糖果」的英語是 lick a candy。如果食物是用咀嚼來吃的時候，則會用 eat。

Come out of there.
從那裡出來。

Track 085

come out of ~ 是指「從~出來」的意思。

Come out of there.
從那裡出來。

I want to stay here.
我想待在這裡。

MEMO　如果想讓對方離開,可以說 Get out!

I have to lose some weight.
我得減肥。

Track 086

lose some weight 是指「減少體重」，想表達「減肥」時可以使用這個詞。「增重」則用 get weight。

I have to lose some weight.
我得減肥。

You don't have to.
你不用。

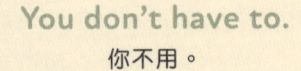

MEMO　　go on a diet 是指進行飲食限制，但並不等同於「減肥」。

Are you alright?
你還好嗎？

Track 087

看到朋友明顯與平常不同或似乎不舒服的時候，可以說這句話。在英國，這句話也可以作為類似 How are you? 的問候語。

Are you alright?
你還好嗎？

Yeah, I'm fine.
嗯，我沒事。

MEMO　alright 是 all right 的簡略形式。

I need to vacuum the floor.
我需要吸地板。

Track 088

vacuum 有「吸塵器」、「用吸塵器打掃」的意思。如果是打掃房間，可以說 vacuum the room；如果是打掃地毯，可以說 vacuum the carpet；這些都可以加在 vacuum 後面。

I need to vacuum the floor.
我需要吸地板。

I got it!
我來做。

MEMO　在英國，「吸塵器」通常叫做 hoover。

I'm wiping the window.
我正在擦窗戶。

Track 089

wipe 有「擦拭」、「抹去」的意思。如果是要擦掉灑出來的牛奶,可以說:Can you wipe up the milk?(請幫忙擦掉牛奶。)

I'm wiping the window.
我正在擦窗戶。

It's clean now.
現在變乾淨了。

MEMO 如果是要表達「用拖把擦」的話,會使用 mop。

Did you call me?
剛才是你叫我嗎？

有人嗎？

Track 090

call 除了「呼叫」，還有「打電話」的意思，所以也可以用來問：「剛才是你打電話給我嗎？」

Did you call me?
剛才是你叫我嗎？

No. You're just hearing things.
沒有。你聽錯了。

MEMO You're just hearing/seeing things. 是「這只是你的錯覺」的意思。

How may I help you?
有哪裡需要幫忙？

Track 091

這是醫生或接待人員在醫院詢問病人，或是店員在商店詢問顧客時常用的句子。也可以說：What can I do for you? 或 What's the problem?

Hello. How may I help you?
你好。有哪裡需要幫忙嗎？

I have a stomachache.
我肚子痛。

MEMO　回答時可以說：I feel sick（我不舒服）、I have a fever（我發燒）、I have a cough（我咳嗽）等等。

What a coincidence!
真是太巧了！

Track 092

這是在湊巧或偶然巧遇等情況下所說的話。coincidence（偶然）意思是「一致」或「巧合」。

We have the same meal.
我們的便當菜色一樣。

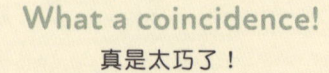

What a coincidence!
真是太巧了！

MEMO 聽到偶然發生的事情時，也可以回答：That's a coincidence.（那可真是巧合。）

I can't stop eating junk food.
我戒不掉垃圾食物。

Track 093

can't stop ~ ing 表示「無法停止做某事」，例如 I can't stop laughing.（笑得停不下來）或 I can't stop crying.（哭得停不下來。）

I can't stop eating junk food.
我戒不掉垃圾食物。

It's not good for your health.
這對你的健康不好。

MEMO　如果是「無法停止吃甜食」，可以將 junk food 換成 sweets 或 sugary foods。

Can you see anything?
你看得到什麼嗎？

Track 094

see 有「事物自然地進入視野」的意思。如果對方正在看著某樣東西，也可以問：What are you watching?（你在看什麼？）

Can you see anything?
你看得到什麼嗎？

No, I can't.
不，沒看到。

MEMO　鳥類觀察在英語中也是 birdwatching 或 bird watching。

It's hush hush.
這是祕密喲。

Track 095

當你希望對方安靜時,會用「噓」的聲音,說 hush,而 hush hush 則表示「祕密」,意思是「別說出去」。

It's hush hush.
這是祕密喲。

I know.
我知道。

MEMO　也可以說:It's just between us.(這只限我們兩人知道喲。)

The breeze feels nice.
這風真舒服。

Track 096

breeze 是指「微風」，雖然「風」通常會說 wind，但如果是令人感覺舒服的風，通常會用 breeze 來表達。

The breeze feels nice.
這風真舒服。

Totally!
完全同意！

MEMO 也可以說 Nice breeze!（真是美好的風！）

What should we do?
我們該怎麼辦？

Track 097

這句話通常是在遇到困難或煩惱時,會不自覺脫口說出。如果只有自己感到困惑,主語可以從 we 改為 I。

What should we do?
　我們該怎麼辦?

Let's go halves.
　我們各分一半吧。

MEMO　在 do 後面加上 next(下一步)或 now(現在)也很常見。

You're so strong.
你真強壯。

Track 098

「力氣很大」的英文是 strong 和 powerful，兩者都可以使用。strong 不僅可以指身體的強壯，也可以用來描述精神上的堅強。

Wow, you're so strong.
哇，你真強壯。

Everyone says so.
大家都這麼說。

MEMO　如果想說「力氣弱」，可以使用 weak。

Can you let me off here?
你可以在這裡放我下來嗎？

Track 099

這是在搭乘計程車，想要下車時會說的話。也可以用 let me out 或 drop me off 來表達。

Can you let me off here?
你可以在這裡放我下來嗎？

Sure.
好的。

MEMO　你也可以將 Please 放在句首或句尾，來替代 Can you ~?

I'm done!
我完成了！

Track 100

這是當工作、學習，或者用餐結束時，可以使用的片語。因為疲累或厭煩而停止某件事時，也可以使用這句話。

I'm done!
我完成了！

You did it!
太厲害了！

MEMO 也可以說：I'm finished.

Thank you for everything.
由衷感謝您所做的一切。

Track 101

雖然用 Thank you. 或 Thank you very much. 也能表達感謝，但如果要感謝的事情不止一件，這樣的表達方式會比較合適。

Thank you for everything.
由衷感謝您所做的一切。

You're more than welcome.
不客氣。

MEMO
你可以在 You're 與 welcome 之間加上 very、more than、most 等詞彙來加強語氣。

季節問候 [Season's greetings] 🔊 Track 102

Happy new year!
新年快樂！

I hope you have a good year.
祝你有美好的一年。

這是新年的問候語。除了 year 之外，也可以放入 weekend、holiday 等單字，作為新年以外的問候語。

Happy graduation day!
畢業快樂！

也可以說：Congratulations on your graduation!（祝賀你畢業！）

Congratulations on entering school!
恭喜你入學！

如果是學校老師在祝賀學生入學，可以說：Welcome to your new school!（歡迎來到你的新學校！）

Happy Halloween!
萬聖節快樂！

Trick or Treat!（不給糖就搗蛋）是孩子們討要糖果時會說的話。

Merry Christmas!
聖誕快樂！
May your Christmas wishes come true.
願你的聖誕願望成真。

這是從聖誕節到新年期間常聽到的問候語，不管哪種信仰的人都可以使用。

Thank you for every thing this year.
感謝你這一年來的幫助！
Have a happy new year!
祝你新年快樂！

Happy new year! 是祝賀新年的經典問候語，也可以在年末使用。

帶有「貓」字的日本諺語和英語怎麼說？

以下介紹的英文句子,翻譯成日語時,會出現「貓」這個字。試著猜猜它們對應的日本諺語和中文成語吧!很有趣哦!

Cast pearls before swine.
把珍珠丟給豬。

swine 是「豬」的古名,這句英語直譯是「把珍珠丟給豬」,類似中文裡的「對牛彈琴」,而日語有句諺語「猫に小判」(把黃金給貓)也是類似的意思。三種語言中,出現了三種不同動物呢!

wolf in sheep's clothing.
披著羊皮的狼。

凶狠的狼穿上柔弱小羊的皮——這種隱藏本性、裝作好人的情況,對應的就是日語的「猫をかぶる」(把貓戴在頭上),也就是「裝乖巧」。

I'll take all the help I can get.
能得到的幫助我都要。

意思是希望得到任何形式的幫助,對應的就是日語中的「猫の手も借りたい」(忙到連貓的手都想借來用)。如果要更直白說,可以用:I'm so busy and short-handed.(我非常忙且人手不足。)

CHAPTER **5**

休息時光

就算天塌下來,還是想悠哉過日子,
想睡個心滿意足的覺……
本章搜集了許多正適合這種心情的句子。

I'm just chilling out.
我只是在放空。

Track 103

chill out 是一個表示「放鬆」或「慢慢來」的俚語，非常適合用來形容悠閒、放空的狀態。

What are you doing now?
你現在在做什麼？

I'm just chilling out.
我只是在放空。

MEMO 也可以說 I'm a couch potato。couch potato（沙發馬鈴薯）是指懶洋洋躺在沙發上休息的意思。

It's cool and refreshing.
好涼爽好舒服～

Track 104

cool 是「涼爽的」，refreshing 是指「清爽的」意思。當有涼風吹來，感覺很舒服時，可以這麼說。

It's cool and refreshing.
好涼爽好舒服～

I feel quite refreshed.
我感覺非常清爽。

MEMO　電風扇是 fan，手持風扇則是 portable fan。

You're always on your phone.
你老是在玩手機。

Track 105

「玩手機」可以說 on one's phone，若加上 always，就會有「總是」或「一直」的語氣。

You're always on your phone.
你老是在玩手機。

Stay out of my business.
別管我！

MEMO　雖然「智慧型手機」是指 smartphone，但這句話只要說 phone 就可以了。

I'm in a food coma.
我飽到昏昏欲睡。

Track 106

當你吃了很多東西，感到肚子飽飽的，不自覺想睡覺，這正是 food coma 這個詞所描述的狀況。

I'm in a food coma.
我飽到昏昏欲睡。

I'm still eating.
我還在吃呢。

MEMO　coma 這個字指的是昏睡狀態。

You have a stiff back.
你的背部好僵硬呢！

揉捏輕按

🔊 Track 107

stiff back 直譯是「硬直的背部」，用來描述背部的僵硬感。順便提一下，脖部僵硬是 stiff neck。

You have a stiff back.
你的背部好僵硬呢！

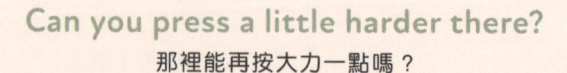

Can you press a little harder there?
那裡能再按大力一點嗎？

MEMO 在按摩時，「按」用的是 press 而不是 push。

I'm swaying gently.
我在輕輕搖晃。

Track 108

sway 是用來表達「輕輕搖晃」的狀態。吊床是 hammock，例如說：I'm lying in the hammock.（我躺在吊床上。）

I'm swaying gently.
我在輕輕搖晃。

You look comfy.
你看起來很舒服呢。

MEMO　comfy 是 comfortable 的簡化詞，意思是「舒適的」。

Let's take a short break.
我們休息一下吧！

Track 109

break 是指活動中間的「休息」或「喘息」，take a break 就是「休息一下」。

I'm tired.
我累了。

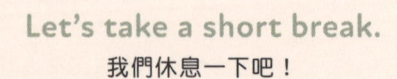

Let's take a short break.
我們休息一下吧！

MEMO　rest 也是「休息」的意思，但它更強調的是身體上的「休息」或「放鬆」。

Please give me some space.
請給我一點空間。

Track 110

這是當你想要獨處時說的話。space 在這裡表示「空間」或「地方」,所以這句話的意思是「為我留點空間」。

Please give me some space.
請給我一點空間。

Sure.
沒問題。

MEMO

另外,Leave me alone. 也是「讓我獨處」的意思,但它語氣稍微強烈一些。

I don't feel like doing anything.
我什麼都不想做。

Track 111

feel like ~ing 表示「想做某事」,比起直接說 want to 更柔和。

I don't feel like doing anything.
我什麼都不想做。

Me neither.
我也是。

MEMO　feel like 後面若接其他詞語時,會有「感覺像是……」的意思。

I feel listless.
好沒勁。

Track 112

listless 是指「無力」、「沒有幹勁」的狀態。當你感到疲倦或無精打采時,可以使用這個詞。

I feel listless.
好沒勁。

Are you not feeling well?
你不舒服嗎?

MEMO 當你感到不舒服時,也可以說:I'm not feeling well.

Let's warm up by the bonfire.
讓我們去火堆旁取暖吧!

Track 113

warm up 有「加熱」的意思,也可以表示「熱身」,例如:A cup of ginger tea can warm you up.(一杯生薑茶可以幫你暖身。)

It's freezing.
好冷啊!

Let's warm up by the bonfire.
讓我們去火堆旁取暖吧!

MEMO 這裡提到的 warm up 不僅可以表示「溫暖」或「暖身子」,還可以指運動前的「暖身」活動。

Don't stay up too late.
別熬夜到太晚！

Track 114

stay up 是指「不睡覺、保持清醒」，而「徹夜」可以說 stay up all night，或者 pull an all-nighter。

Don't stay up too late.
別熬夜到太晚！

I know.
我知道啦。

MEMO 用 I know. 來回應別人的勸戒時，帶有「我也知道」的意思。

I'm worn out.
我已經累壞了。

Track 115

「累了」除了可以用 tired 表達之外,還有其他説法,其中之一是 worn out,這個詞帶有「筋疲力盡」的意思,適合用在非常疲憊的時候。

I'm worn out.
我已經累壞了。

Let's call it a day.
今天就到這裡吧!

MEMO　　call it a day 的意思是結束某項工作或活動,相當於「到此為止」。

I'm bored to death.
好無聊啊！

Track 116

這一句直譯的意思是「無聊到快要死了」，雖然有點誇張，但很常用在特別無聊的時候，是一種常用的表達方式。

I'm bored to death.
好無聊啊！

Why don't we play a video game?
要不要來玩電動遊戲？

MEMO 如果是因為沒有安排而感到無聊，可以說：I'm wide-open.（我完全沒事做。）

You can go night-night.
你可以去睡覺覺了。

Track 117

go (to) night-night 是 go to bed（上床睡覺）的可愛用語，意思是「去睡覺覺」。在美國也可以說 go beddy-bye。

I'm sleepy.
我好睏！

You can go night-night.
你可以去睡覺覺了。

MEMO

說「晚安」的時候，如果想表達得可愛一些，可以說 nighty-night。
而 go bye-bye 則是幼兒語，表示「說拜拜」或「出門」。

I can't sleep because of your snoring.
你的鼾聲太吵，我睡不著。

Track 118

snoring 的動詞形式是 snore，意思是「打鼾」。

I'm sleeping soundly.
我睡得很熟。

I can't sleep because of your snoring.
你的鼾聲太吵，我睡不著。

MEMO 也可以說：You snore loudly, so I can't sleep.（你的鼾聲太大了，我沒辦法睡覺。）

Would you like something sweet?
想吃甜點嗎？

Track 119

「Would you like ~?」是一種禮貌的說法，用於推薦食物或飲品，不過也常用於家人或朋友之間。

Would you like something sweet?
想吃甜點嗎？

I want a chocolate.
我要巧克力。

MEMO　如果想直接詢問，也可以說 Do you want ~? 這種表達方式。

I can't relax at all.
我完全沒辦法休息。

Track 120

relax 的意思是「放鬆、休息」。如果被鯊魚夾住，別說放鬆，肯定全身都緊繃起來了。

I can't relax at all.
我完全沒辦法休息。

I bet.
我相信是這樣。

MEMO　I bet. 是一種表示同意的隨性說法。

I'm out of it.
我恍神了。

Track 121

out of it 的意思是「恍神、心不在焉」,可以用在單純發呆時,也能用在因為身體不適而感到恍惚的情況。

I'm out of it.
我恍神了。

You should go to bed.
你應該去睡覺。

MEMO　out of it 的另一個表達是 stay out of it,意思是「別插手」或「不要干涉」。

Don't wake them up.
不要叫醒他們。

Track 122

wake somebody up 的意思是「叫醒某人」。例如：Can you wake me up at 6 tomorrow?（明天早上 6 點能叫醒我嗎？）

It's already 7.
已經 7 點了。

Don't wake them up.
不要叫醒他們。

MEMO　旅館房間的門把上所掛的 Do Not Disturb 牌子也有「請勿打擾」或「不要叫醒我」的意思。

This tastes great.
這個好好吃哦！

Track 123

Tastes great. 的意思是「非常美味」。其中的 great 可以替換成 awesome 或其他表達強烈讚美的詞。

This tastes great.
這個好好吃哦！

I'm in seventh heaven.
好吃到簡直在天堂。

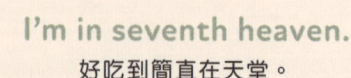

MEMO　I'm in seventh heaven. 是用來表達非常幸福、快樂感受的一句話。

I'm about to fall asleep.
我快要睡著了。

Track 124

be about to ~ 的意思是「正準備要做……」。若想強調「正好就是現在」，可以在 be 和 about 之間加上 just。

I'm about to fall asleep.
我快要睡著了。

Don't go to sleep yet!
別急著睡啊！

MEMO　如果將 be 動詞改成過去式，就能表達「原本正打算做某事（但後來沒有做）」的意思。

They're sleeping so soundly.
他們睡得好熟。

Track 125

soundly 意味著「深沉地」，sleep soundly 意即「睡得很熟」。也可以用 sleep well 或 sleep like a log/baby 來表達同樣的意思。

They're sleeping so soundly.
他們睡得好熟。

I'll put a blanket on them.
我來幫他們蓋上毛毯。

MEMO　也可以說 sleep like a log。這裡的 log 指的是「圓形木材」，用來形容睡得非常熟的樣子。

I feel refreshed.
我恢復元氣了。

Track 126

refresh 意指「恢復元氣」，我們常聽人說「恢復疲勞」，其實不對，應該是疲勞消失，重新又有元氣了。

I feel refreshed.
我恢復元氣了。

I'm glad to hear that.
真高興聽到。

MEMO

I'm glad to hear that. 是用來表示聽到對方的話感到高興或是鬆了一口氣。

I'm gonna stretch really good.
我要好好伸展一下。

Track 127

stretch 意指「伸展」,當然也可以表示「做伸展運動」。

I'm gonna stretch really good.
我要好好伸展一下。

You're stretching well.
你伸展得很好。

MEMO　That's a stretch. 是俚語,意思是「有點牽強」或「強詞奪理」。

You must be tired.
你一定很累吧！

Track 128

看見對方一臉疲倦時，說出這句問候，表達同理對方的勞累。如果是 You should be tired. 則表示對方雖然經過長久工作，外表仍然很有精神。

You must be tired.
你一定很累吧！

Yes, I'm very tired.
是啊，我真的很累。

MEMO must 除了「必須」，還有「一定」或「肯定」的含義。

Rest well.
好好休息。

Track 129

這是對身體不舒服或疲倦的人說的話,請對方「好好休息一下」。也可以說 Get some rest.,其中的 some 是表示希望對方能夠多多休息。

I don't feel well, so I'm heading home.
我不太舒服,所以我要回家了。

Rest well.
好好休息。

MEMO 也可以說 Have a good rest.

Sweet dreams.
祝好夢。

Track 130

這是 Good night.（晚安）後常用的句子。這裡的 sweet 不是指「甜的」，而是表示「美好的」意思。

Good night. Sweet dreams.
晚安。祝好夢。

Good night. Have sweet dreams.
晚安，祝你也做個好夢。

MEMO 如果是要祝對方「過得愉快」，則可以使用 have a good time。

主題

SNS（社交媒體）的英語片語 [Social media] 🔊 Track 131

I joined Instagram.
我開始使用 IG 了。

join 在這裡表示「開始」或「開設」，常用於社群媒體中。也可以用 open 來表達。

Feel free to follow me.
歡迎追蹤我。

Feel free to ~ 表示「隨意做～」或「不拘束地做～」。也常有人直接說 Follow me!

Can I post this on my Instagram?
我可以在 IG 上發布這個嗎？

在社群媒體上「發布訊息」或「貼文」，用 post 這個動詞。

This cake is instagrammable.
這塊蛋糕很適合在 IG 上發布。

instagrammable 是指「適合在 Instagram 上展示」，也可以說 This cake is great for Instagram.。

DM me!
傳訊息給我！

DM 是 direct message（直接訊息）的縮寫，在英語中也可以當動詞使用。某些社交媒體平台也會用 PM（personal message）來表示私人訊息。

The tweet has gone viral.
這條推文爆紅了。

「爆紅」在英文中是用 go viral 表達。viral 是「病毒性的」，形容快速擴散的狀況。

索引 Index

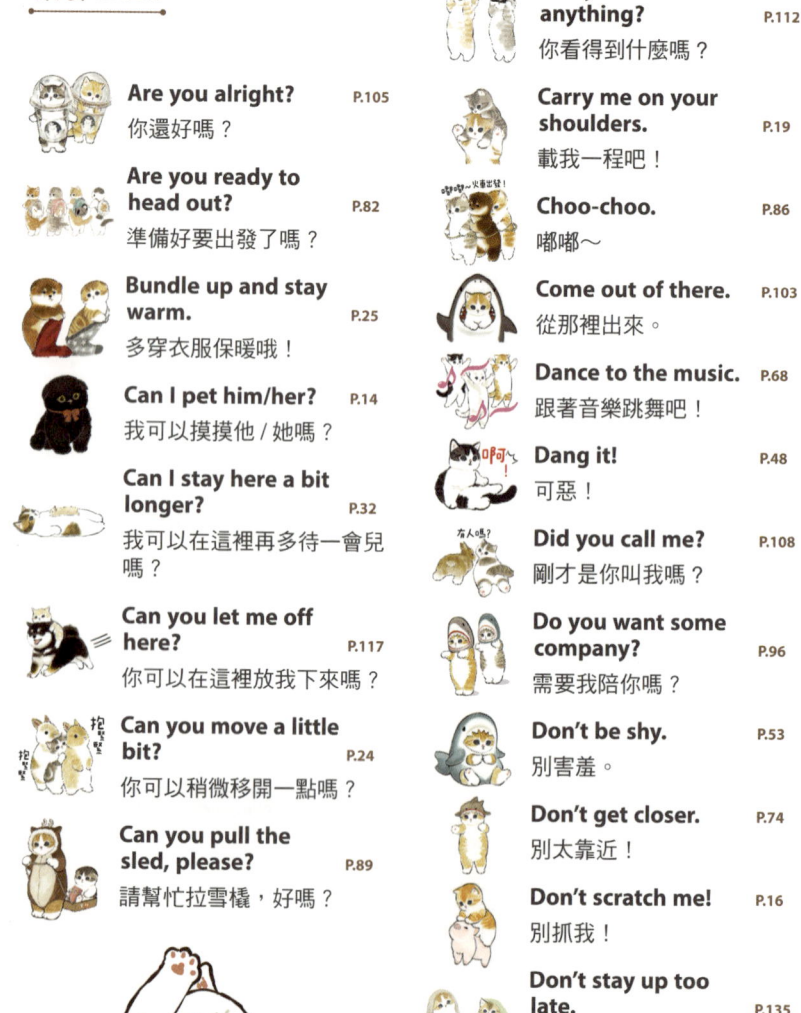

Are you alright? P.105
你還好嗎？

Are you ready to head out? P.82
準備好要出發了嗎？

Bundle up and stay warm. P.25
多穿衣服保暖哦！

Can I pet him/her? P.14
我可以摸摸他 / 她嗎？

Can I stay here a bit longer? P.32
我可以在這裡再多待一會兒嗎？

Can you let me off here? P.117
你可以在這裡放我下來嗎？

Can you move a little bit? P.24
你可以稍微移開一點嗎？

Can you pull the sled, please? P.89
請幫忙拉雪橇，好嗎？

Can you see anything? P.112
你看得到什麼嗎？

Carry me on your shoulders. P.19
載我一程吧！

Choo-choo. P.86
嘟嘟～

Come out of there. P.103
從那裡出來。

Dance to the music. P.68
跟著音樂跳舞吧！

Dang it! P.48
可惡！

Did you call me? P.108
剛才是你叫我嗎？

Do you want some company? P.96
需要我陪你嗎？

Don't be shy. P.53
別害羞。

Don't get closer. P.74
別太靠近！

Don't scratch me! P.16
別抓我！

Don't stay up too late. P.135
別熬夜到太晚！

154

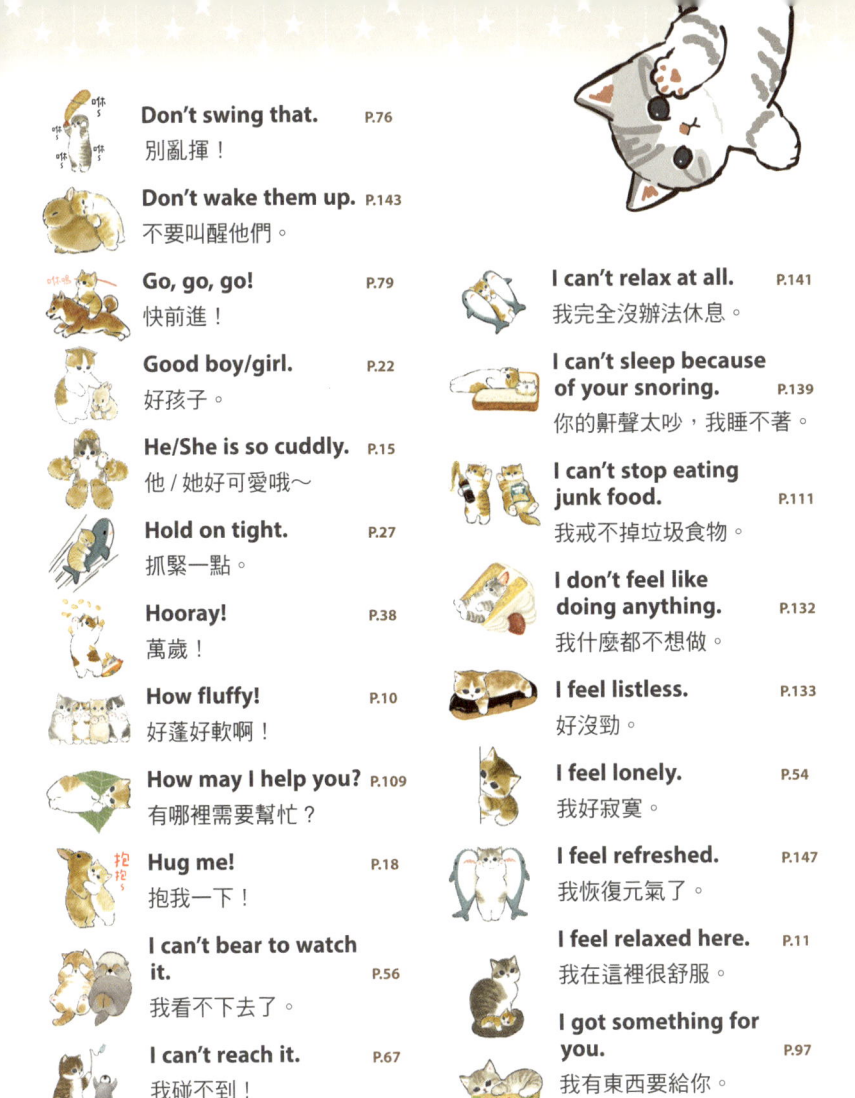

Don't swing that. P.76
別亂揮！

Don't wake them up. P.143
不要叫醒他們。

Go, go, go! P.79
快前進！

Good boy/girl. P.22
好孩子。

He/She is so cuddly. P.15
他 / 她好可愛哦～

Hold on tight. P.27
抓緊一點。

Hooray! P.38
萬歲！

How fluffy! P.10
好蓬好軟啊！

How may I help you? P.109
有哪裡需要幫忙？

Hug me! P.18
抱我一下！

I can't bear to watch it. P.56
我看不下去了。

I can't reach it. P.67
我碰不到！

I can't relax at all. P.141
我完全沒辦法休息。

I can't sleep because of your snoring. P.139
你的鼾聲太吵，我睡不著。

I can't stop eating junk food. P.111
我戒不掉垃圾食物。

I don't feel like doing anything. P.132
我什麼都不想做。

I feel listless. P.133
好沒勁。

I feel lonely. P.54
我好寂寞。

I feel refreshed. P.147
我恢復元氣了。

I feel relaxed here. P.11
我在這裡很舒服。

I got something for you. P.97
我有東西要給你。

155

I have to lose some weight. 我得減肥。	P.104	
I hope I win the lottery. 我希望我能中獎。	P.77	
I hope we can be friends. 希望我們能當朋友。	P.33	
I like your smile. 你的笑容真好看。	P.70	
I need to vacuum the floor. 我需要吸地板。	P.106	
I work out everyday. 我每天都進行肌力訓練。	P.83	
I'll always be by your side. 我會一直陪在你身邊。	P.21	
I'll share my umbrella with you. 我把傘分給你撐。	P.29	
I'm a happy camper. 我好幸福。	P.61	
I'm about to fall asleep. 我快要睡著了。	P.145	
I'm annoyed. 我覺得好煩！	P.50	

I'm at a loss. 我不知道該怎麼辦。	P.40
I'm bored to death. 好無聊啊！	P.137
I'm disappointed. 我覺得好失望。	P.42
I'm done! 我完成了！	P.118
I'm feeling dizzy. 我頭暈了！	P.73
I'm feeling down. 我好難過。	P.52
I'm fired up. 我充滿幹勁。	P.46
I'm freaking out. 我嚇到吃手手！	P.51
I'm gonna catch up with you. 你等著，我馬上超過你！	P.72
I'm gonna stretch really good. 我要好好伸展一下。	P.148
I'm hyped! 好嗨哦！	P.49

索引 Index

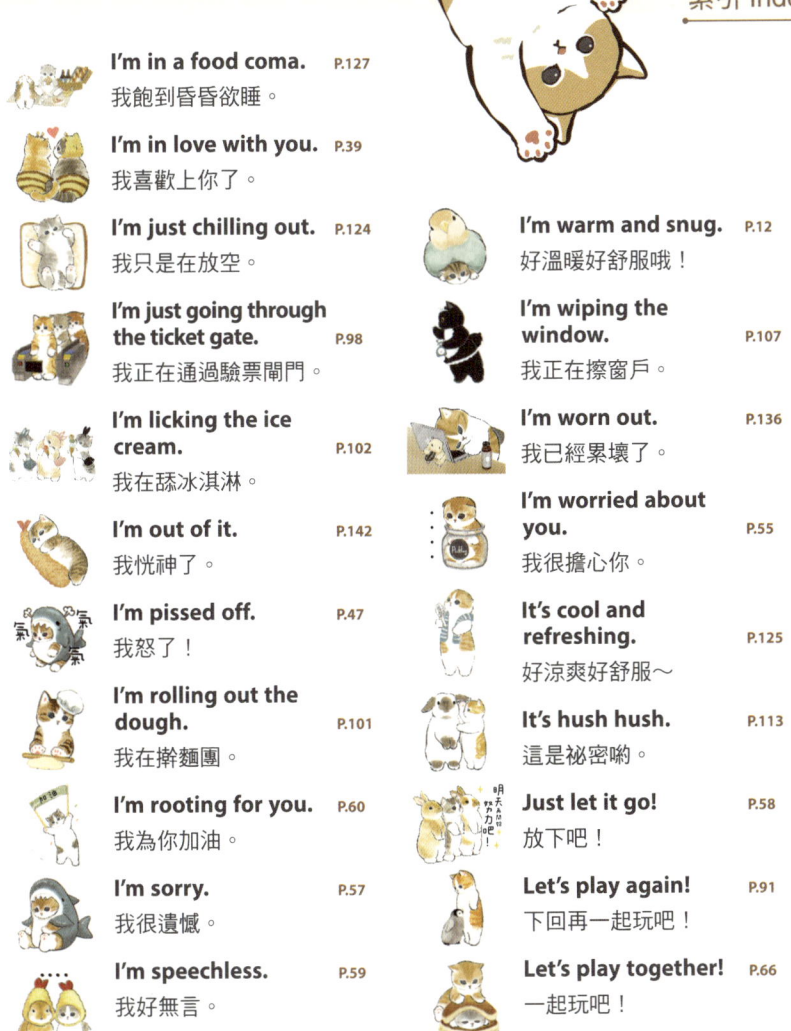

I'm in a food coma.	P.127	
我飽到昏昏欲睡。		
I'm in love with you.	P.39	
我喜歡上你了。		
I'm just chilling out.	P.124	
我只是在放空。		
I'm just going through the ticket gate.	P.98	
我正在通過驗票閘門。		
I'm licking the ice cream.	P.102	
我在舔冰淇淋。		
I'm out of it.	P.142	
我恍神了。		
I'm pissed off.	P.47	
我怒了！		
I'm rolling out the dough.	P.101	
我在擀麵團。		
I'm rooting for you.	P.60	
我為你加油。		
I'm sorry.	P.57	
我很遺憾。		
I'm speechless.	P.59	
我好無言。		
I'm swaying gently.	P.129	
我在輕輕搖晃。		

I'm warm and snug. P.12
好溫暖好舒服哦！

I'm wiping the window. P.107
我正在擦窗戶。

I'm worn out. P.136
我已經累壞了。

I'm worried about you. P.55
我很擔心你。

It's cool and refreshing. P.125
好涼爽好舒服～

It's hush hush. P.113
這是祕密喲。

Just let it go! P.58
放下吧！

Let's play again! P.91
下回再一起玩吧！

Let's play together! P.66
一起玩吧！

Let's race. P.78
我們來比賽吧！

157

Let's take a short break.	P.130	
我們休息一下吧!		
Let's warm up by the bonfire.	P.134	
讓我們去火堆旁取暖吧!		
My cat is friendly with my dog.	P.31	
我的貓跟我的狗很親近。		
My cat is playing alone.	P.80	
我的貓自個兒在玩。		
My heart is pounding.	P.45	
我的心臟怦怦狂跳!		
Nuzzle nuzzle.	P.13	
蹭蹭		
On the count of 10, switch with me.	P.85	
數到 10 就換我喲!		
Pick me up!	P.17	
抱我起來!		
Please give me some space.	P.131	
請給我一點空間。		
Put me down now!	P.28	
快點放我下來!		

Rest well.	P.150	
好好休息。		
Run!	P.87	
快跑!		
Stop fighting!	P.88	
別再打了!		
Sweet dreams.	P.151	
祝好夢。		
Thank you for everything.	P.119	
由衷感謝您所做的一切。		
That music sounds fun.	P.69	
那音樂聽起來很有趣呢!		
That tickles.	P.30	
好癢啊!		
That's great!	P.41	
太棒了!		
The breeze feels nice.	P.114	
這風真舒服。		
The train is jam-packed.	P.99	
電車擠得滿滿的。		
They're always playing with each other.	P.20	
他們總是互相嬉戲。		

索引 Index

They're sleeping so soundly. P.146
他們睡得好熟。

This is terrible. P.43
這好糟糕！

This tastes great. P.144
這個好好吃哦！

Time to go home now. P.90
該回家了。

We're sticking together. P.23
我們緊緊黏在一起。

What a coincidence! P.110
真是太巧了！

What are you making? P.100
你在做什麼菜？

What should we do? P.115
我們該怎麼辦？

What's your problem? P.44
你有什麼意見嗎？

Which construction vehicle do you like? P.71
你喜歡哪種工程車？

Who can swing higher? P.81
誰會盪得更高呢？

Why don't we have a jam session? P.75
我們何不來個即興演奏？

Would you like something sweet? P.140
想吃甜點嗎？

You can go night-night. P.138
你可以去睡覺覺了。

You have a stiff back. P.128
你的背部好僵硬呢！

You must be tired. P.149
你一定很累吧！

You two are a perfect match. P.26
你們兩個真是天生一對。

Your punches don't hurt at all. P.84
你這拳一點也不痛！

You're always on your phone. P.126
你老是在玩手機。

You're so strong. P.116
你真強壯。

MOFUSAND NO EIKAIWA
© mofusand 2023
All rights reserved.
Supervised by SPIRALCUTE, INC.
Design by Akira SUZUKI and Aya KOMATSU(skam)
First original Japanese edition published by Liberalsya, Japan.
Traditional Chinese translation rights arranged with PHP Institute, Inc.
through Keio Cultural Enterprise Co., Ltd.

國家圖書館出版品預行編目（CIP）資料

貓福珊迪陪你說英語 / ぢゅの原作；郭孚翻譯 .-- 初版 .-- 臺北市：遠流出版事業股份有限公司, 2025.04
　面；　公分
譯自：mofusand の英会話
ISBN 978-626-418-110-5（平裝）
1. CST：英語　2. CST：會話
805.188　　　　　　　　　114000262

L01125
貓福珊迪陪你說英語
（mofusand の英会話）

原作／ぢゅの（Juno）
翻譯／郭孚（Fu）

編輯總監／周惠玲　　行銷企畫／柳千鈞　　校讀／董宜俐、萬淑香
內頁美術／葉欣玫　　封面設計／黃淑雅
中文版錄音／柳千鈞、周惠玲、陳舜璽　　錄音後製／林以德
日文版工作人員　　執筆協力／山崎香織、英文協力／嶋本ローラ、錄音協力／嶋本ローラ、久米由美（Studio Speak）、校對／ワット・ジェイムズ、宮本俊夫

發行人／王榮文
出版發行／遠流出版事業股份有限公司　　104005 臺北市中山北路一段 11 號 13 樓
　　　　　郵撥：0189456-1　　電話：(02) 2571-0297　　傳真：(02) 2571-0197
著作權顧問／蕭雄淋律師
輸出印刷／中原造像股份有限公司
初版一刷／ 2025 年 4 月 30 日
有著作權‧侵犯必究 Printed in Taiwan（若有缺頁破損，請寄回更換）

遠流博識網 http://www.ylib.com　　Email: ylib@ylib.com
遠流粉絲團 http://www.facebook.com/ylibfans

定價／ NT$380 元
ISBN ／ 978-626-418-110-5（平裝）